APPRENTIS LE... SO-ATS-468

JE NE VEUX PAS!

Kathy Schulz
Illustrations de Sanja Rešček

Texte français de Marie Frankland

Éditions
◢◣SCHOLASTIC

À Amy, ma petite sœur
— K. S.

Pour Marijan, avec amour
— S. R.

Catalogage avant publication de Bibliothèque
et Archives Canada

Schulz, Kathy
Je ne veux pas! / Kathy Schulz;
illustrations de Sanja Rescek;
texte français de Marie Frankland.

(Apprentis lecteurs)
Traduction de : I do not want to.
Pour les 3-6 ans.
ISBN 978-0-545-99161-2

I. Rescek, Sanja II. Frankland, Marie, 1979-
III. Titre. IV. Collection.

.PZ23.S34Je 2008   j813'.54   C2008-902291-2

Copyright © Scholastic Inc., 2004.
Copyright © Sanja Rešček, 2004, pour les illustrations.
Copyright © Éditions Scholastic, 2008, pour le texte français.
Tous droits réservés

Il est interdit de reproduire, d'enregistrer ou de diffuser, en tout ou en partie, le présent ouvrage
par quelque procédé que ce soit, électronique, mécanique, photographique, sonore, magnétique ou
autre, sans avoir obtenu au préalable l'autorisation écrite de l'éditeur. Pour toute information concernant
les droits, s'adresser à Scholastic Inc., 557 Broadway, New York, NY 10012, É.-U.

Édition publiée par les Éditions Scholastic, 604, rue King Ouest, Toronto (Ontario) M5V 1E1.

5 4 3 2 1   Imprimé au Canada   08 09 10 11 12

Je ne veux pas
aller dans la baignoire,

manger mes petits pois

ou faire mes devoirs.

Je ne veux pas
me laver les cheveux,

m'habiller

ou partager.

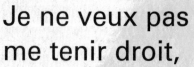

Je ne veux pas
me tenir droit,

17

sortir les poubelles

ou laver la vaisselle.

Je ne veux pas
rentrer à pied,

attendre mon tour

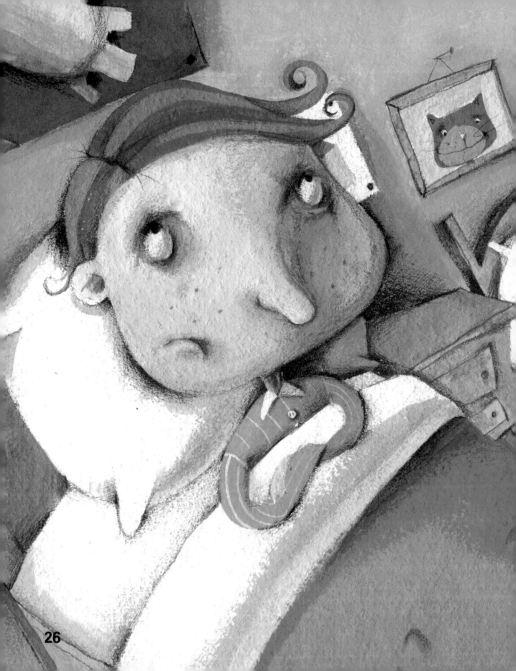

ou aller me coucher.

Je ne veux pas faire tout cela,
mais je le fais quand même

pour te montrer l'exemple
et pour que tu apprennes.

LISTE DE MOTS

à	exemple	mes	que
aller	faire	mon	rentrer
apprennes	fais	montrer	si
attendre	habiller	ne	sortir
baignoire	je	ou	te
bon	la	partager	tenir
cela	laver	pas	toi
cheveux	le	petits	tour
coucher	les	pied	tout
dans	mais	pois	tu
devoirs	manger	poubelles	vaisselle
droit	me	pour	veux
et	même	quand	